어린이 마음 시툰

우리 둘이라면 문제없지

어린이 마음 ◉ 시툰
우리 둘이라면 문제없지

글·그림 소복이 ● 시 선정 김용택

창비

시를 읽고 있나요? 어떻게 읽나요?

우리 집 5살은 시를 읽어요.
잠들기 전에 동시집을 들고 와 읽어 달라고 합니다. 그림을 보고 다섯 개의 동시를 신중하게 고르면 제가 읽어 줍니다.

우리 집 41살도 시를 읽어요.
손에 시집을 들고 다닙니다. 시집을 베개 옆에 두기도 하고, 식탁 위에 올려놓기도 하고, 바닥에 내려놓기도 합니다. 시를 읽는 것을 보지는 못했지만, 시를 읽고 있겠지요?

우리 집 44살도 시를 읽어요.
아니, 이제 읽기 시작했어요. 아니, 이제 좋아하기 시작했어요. 그 시작은 시를 만화로 그리면서부터일 거예요. 시를 읽고, 이 시는 어떤 이야기를 숨겨 놓고 있을까 생각해 보면 가슴이 먹먹해지기도 하고, 히히 웃음도 나고 그랬어요.

여러분의 집에도 시를 읽는 사람이 있다면 어떻게 읽는지 궁금합니다. 시를 만화로 읽을 수도 있다는 거 얘기해 주고 싶어요.

우리가 모르는 세상으로 날아가 보아요

이 책은 '시 만화' 책입니다.
시가 그림이 되었어요.

놀라운 상상력을 가진 시인과 만화가들이
자기들이 쓴 시와 자기들이 그린 그림도 모르는
새로운 세상을 창조해 놓았습니다.

실은, 내가 쓴 시로 그려 놓은 그림을 보고
세상에는 이런 세상도 있구나, 나도 놀랐거든요.

시도 만화도 끝 모를 상상력을 가져다줍니다.
생각이 일어나게 하고,
일어난 생각으로 생각을 더 넓히고
넓힌 생각들을 모아 또 다른 세상을 만들어 냅니다.

시와 만화가 한 몸이 된 이 책은
여러분들의 생각에 수많은 날개를 달아
훨훨 날게 할 것입니다.

차례

같이 가!

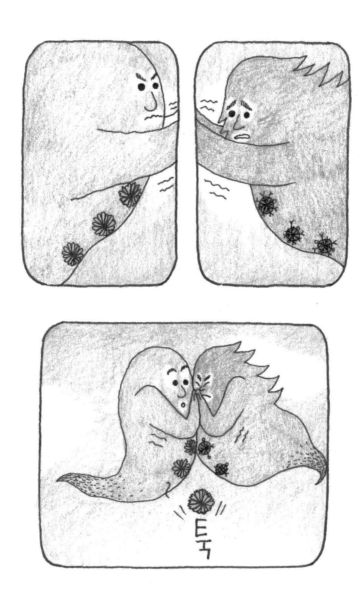

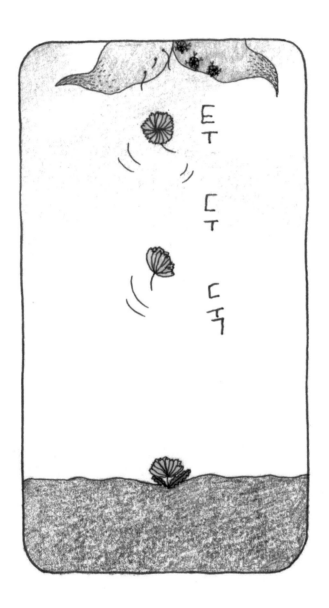

봄의 길목에서

우남희

겨울 끝자락
봄의 길목

가거라! 가거라!
안 된다! 안 된다!

봄바람이
겨울바람과
밀고 당기기를 합니다.

그러는 사이
풀밭에 떨어진 노란 단추

민
들
레
꽃.

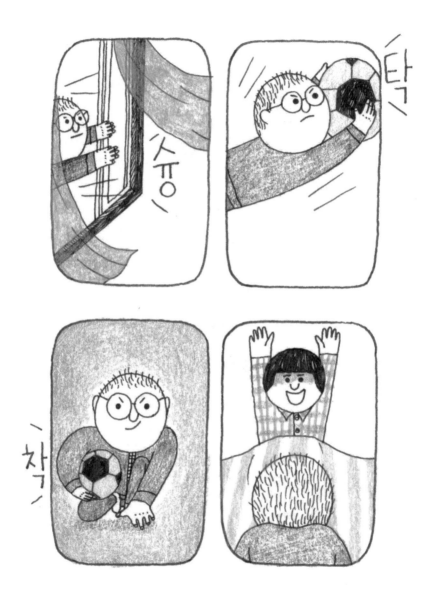

공 튀는 소리

신형건

이틀째 앓아누워
학교에 못 갔는데, 누가 벌써
학교 갔다 돌아왔는지
골목에서 공 튀는 소리 들린다.

탕탕—
땅바닥을 두들기고
탕탕탕—
담벼락을 두들기고
탕탕탕탕—
꽉 닫힌 창문을 두들기며
골목 가득 울리는
소리

내 방 안까지 들어와
이리 튕기고 저리 튕겨 다닌다.

까무룩 또 잠들려는 나를
뒤흔들어 깨우고는, 내 몸속까지
튀어 들어와 탕탕탕—
내 맥박을 두들긴다.

구름

이일숙

언니랑 누워서
하늘을 바라봅니다

흘러가는 뭉게구름
한참을 따라가다

내 마음
그 구름 위에
사뿐히 앉아 봅니다

비 와서 좋은 날

동시✱빗길

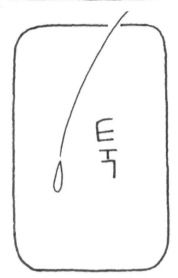

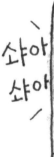

첨벙

빗길

성명진

친구의 우산을 함께 쓰고 왔다.

미안해서
내가 비를 더 맞으려고
어깨를 우산 밖으로 내놓으면
친구가 우산을 내 쪽으로
더 기울여 주었다.

빗속을
우리는 나란히 걸었다.

좁은 길에선 일부러
내가 빗물 고인 자리를 디뎠다.
그걸 알았는지 친구는 나를
제 쪽으로 가만히 당겨 주는 것이었다.

그냥 놔두세요

이준관

그냥 놔두세요.
하루 종일
말똥구리는
말똥을 굴리게.
하루 종일
베짱이는
푸른 나무 그늘에서
노래 부르게.
하루 종일
사과나무에는
사과 열매가 열리게.
달팽이는
느릅나무 잎에서
하루 종일
꿈을 꾸게.

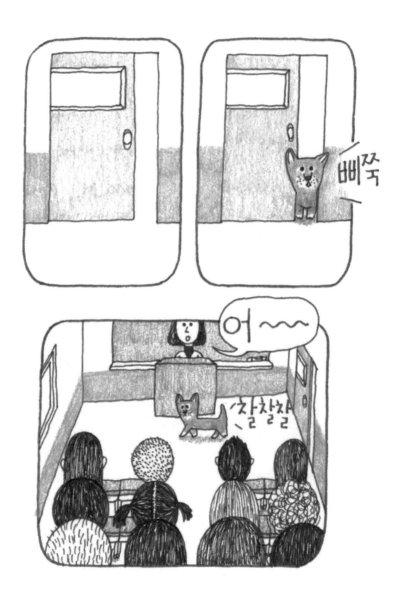

동주의 개

남호섭

동주네 센둥이는
동주가 다니는 학교에
언제부턴가 제 자리를 만들었습니다.
학교 오는 길에 따라왔다
공부 다 마칠 때까지
그곳에서 기다립니다.

이따금 동주가 공부하는 교실에까지 들어와
책상 밑에서 낮잠을 자기도 합니다.
부끄러움 많은 동주가
교문 밖으로 아무리 쫓아 보내려 해도 그때뿐
어느새 자기 자리에 와 있습니다.
선생님들의 고함 소리도 소용이 없습니다.

친구들에게 도시락을 한 숟가락씩
얻어먹은 센둥이가 어디론가 놀러 갔다

학교 파한 동주보다 앞장서서 집으로 돌아갈 때는
얼마나 늠름한지 모릅니다.
다리를 다쳐 골목길에 쓰러져 있던
강아지를 주워다 이렇게 키워 놓은
동주가 엄마처럼 웃으며 뒤따라갑니다.

07 화해는 어떻게 하나요 동시 ✻ 공을 차다가

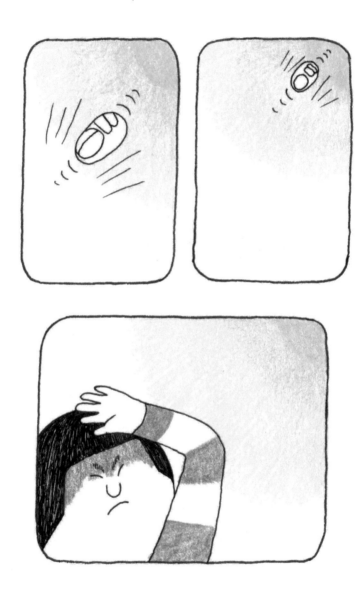

아, 배부르다.

같이 가!

공을 차다가

이정환

공을 차다가 그만
햇빛을 뻥!
차 버렸어요.

운동화가 우아! 하고
한참 솟구쳐 오를 때

친구는
공 몰고 어느새
골목까지 간 걸요.

08 감기가 힘든 이유

69

감기

정유경

내 몸에
불덩이가 들어왔다.
—뜨끈뜨끈.
불덩이를 따라
몹시 추운 사람도 들어왔다.
—오들오들.

약을 먹고 나니
느릿느릿,
거북이도 들어오고
까무룩,
잠꾸러기도 들어왔다.

내 몸에
너무 많은 것들이 들어왔다.
그래서
내 몸이 아주 무거워졌다.

쿵쾅
쿵쾅

쿵쾅

천둥소리

유강희

하늘에 사는 아이들도
체육 시간이 있나 보다

우르르르 쿵쾅,
운동장으로
뛰쳐나가는 소리

86

삐리리
리리리

피리와 리코더

박일환

인도 마법사의
피리 소리에 맞춰
코브라가 춤을 춘다.

마법사가 내게
피리를 불어 보라고 한다.

내 피리 소리에도
코브라가 춤을 춘다.

신나게 피리를 불다
잠에서 깨 보니
리코더를 쥐고 있다.

내일이 바로
리코더 시험 보는 날이다.

우리가 다 먹었어

동시 ✹ 아침이 오는 이유

아침이 오는 이유

김자연

별들이
밤새

깜박
깜박

까만 밤을
다
먹어 버렸어.

좋아하나 봐

동시 ✶ 내 맘처럼

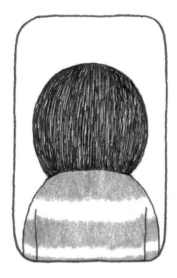

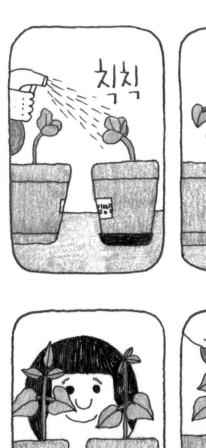

나는 영주가 참 좋다.

잠을 잘 때도

일어날 때도

내 맘처럼

교실에서
강낭콩을 키운다.

아무도 모르게
내 강낭콩 화분을
영주 화분 옆에 뒀다.

조금씩 조금씩
줄기가 뻗더니
영주 거랑 내 거랑
서로 엉켰다.

이대로
칭칭
엉켜 있으면
참 좋겠다.

13

할아버지, 등산은 이제 그만 동시 ✸ 나무 타령

나무 타령

전래 동요

나무 나무 무슨 나무
십 리 절반 오리나무
열아홉에 스무나무
아흔아홉 백양나무
가다 보니 가닥나무
오다 보니 오동나무
너구 나구 살구나무
따끔따끔 가시나무
갓난아기 자작나무
앵돌아져 앵두나무
동지섣달 사시나무
바람 솔솔 솔나무
방귀 뀌는 뽕나무
입 맞추자 쪽나무
낮에 봐도 밤나무

아빠와 밤 산책

동시 ✦ 초승달아

초승달아

전래 동요

초승달아 초승달아 무엇이 되련?
풀 베는 아저씨 낫이 되련다

초승달아 초승달아 무엇이 되련?
어여쁜 언니 머리빗이 되련다

초승달아 초승달아 무엇이 되련?
귀여운 아가 꼬까신이 되련다

15 같이 놀고 싶어

동시 ✱ 꽃씨

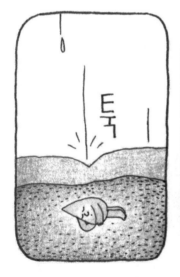

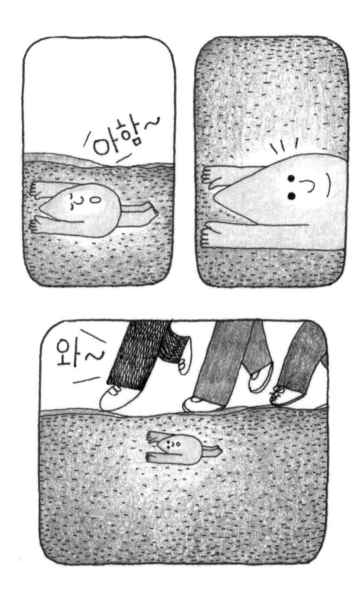

무궁화꽃이
피었습니다~

꽃씨

김완기

몰래
겨울을 녹이면서
봄비가 내려와 앉으면

꽃씨는
땅속에 살짝 돌아누우며
눈을 뜹니다.

봄을 기다리는 아이들은
쏘옥
손가락을 집어넣어 봅니다.

꽃씨는 저쪽에서
고개를 빠끔
얄밉게 숨겨 두었던
파란 손을 내밉니다.

제기차기

김형경

제기를 찬다.
책상 앞에 묶였던
빈 마음들
훌훌
골목으로 몰려,
한 다발
하얀
바람을 차올린다.

한 발 차기
두 발 차기
신이 난 제기.

한껏 부푼
골목엔
터질 듯한 아우성.

제기가 숫숫 발을 끌어올리면
아이들 온 바람은
하늘까지 치솟는다.

제기가 오른다.
얼어붙은 골목 가득 숫숫대며
지금도
아이들 하얀
바람이 솟구친다.

간지러움은 왜 필요할까?

함민복

겨드랑이
손바닥
발바닥

친구가 간질이면
간지러워 웃음 나다가
울 수도 웃을 수도 없게 되는데

내가 혼자
간질여 보면
아무렇지도 않다

간지러움은 왜 필요할까?

웃음 연습을 해 보란 말인가
강제로라도 웃어 보란 말인가

나 혼자만으로는 되지 않는 게 있다는 가르침인가

발바닥
손바닥
겨드랑이

친구 손이 다가오기만 해도
간지러운
간지러움은 왜 필요할까?

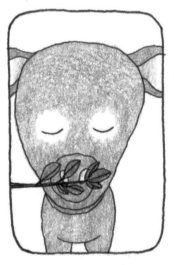

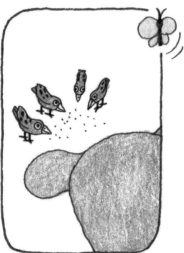

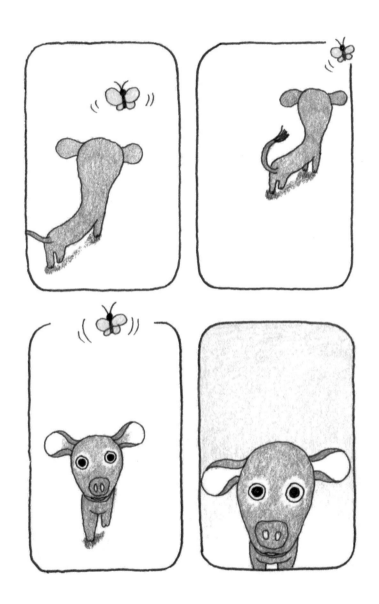

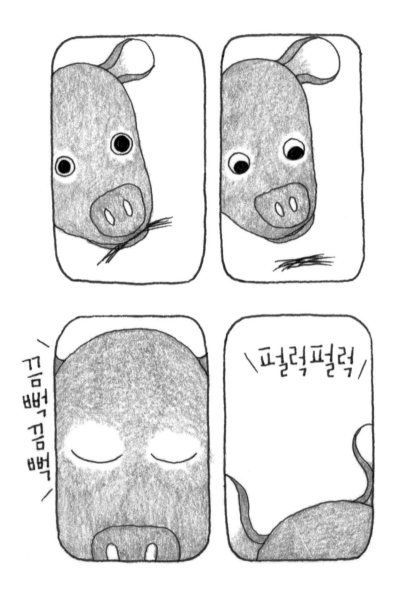

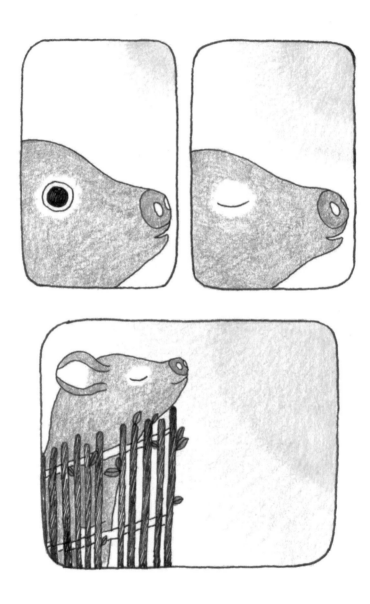

송아지야~

송아지

임길택

박태기 꽃나무에 눈을 줘 보고
사철나무 어린잎에 코도 대 보고
딸랑딸랑 엄마 목 워낭 소리에
멀리 가지 않았어요 대답해 주고

마당가 한쪽을 참새에게 내주고
나비를 쫓아가다 뒤돌아오고
개울 건너 앞산을 훔쳐보다가
눈을 감고 머나먼 데 소리를 듣고

물어 본 지푸라기 슬며시 내려놓고
두 눈 꿈적꿈적 두 귀 펄럭펄럭
넘지 말라 걸쳐 놓은 울짱 앞에서
봄 햇살 온몸에 받고 있어요.

뚱뚱한 애

이상교

'뚱뚱한 애'

아이들은 나를
그렇게 부른다.

'뚱' 자만 들어도
내 귀는 깜짝 놀란다.

아이들이
'뚱뚱한 애' 대신
"임선화!"
불러 주면 좋겠다.

20 봄은 어디까지 왔나요? 동시✱어린 고기들

어린 고기들

권태응

꽁꽁 얼음 밑
어린 고기들.

햇님도 달님도
한 번 못 보고,
겨울 동안 얼마나
갑갑스럴까?

꽁꽁 얼음 밑
어린 고기들.

뭣들 하고 노는지
보고 싶구나.
빨리빨리 따순 봄
찾아오너라.

시인 소개

권태응(1918~1951)
문학가이자 독립운동가였다. 해방기 농촌의 자연과 어린이의 삶을 아름답게
그려내었다. 육필 동시집 『송아지』, 『하늘과 바다』 등을 썼다.

김완기(1938~)
50여 년의 시간 동안 교사로 아이들과 함께 지냈다. 동시집 『동그란 나이테
하나』, 『눈빛 응원』, 동화집 『둘만의 약속』 등을 썼다.

김자연(1959~)
어릴 때 호기심이 유별나 친구들에게 '호기심 천국', '이상한 나라의 앨리스'라
는 별명을 얻었다. 기억에 남는 동시 한 편을 남기고 싶다. 동시집 『감기 걸린
하늘』, 『피자의 힘』 등을 썼다.

김형경(1950~)
할아버지이면서 아직 마음은 어린이여서, 상상의 날개를 활짝 펼쳐 따뜻하고
순수한 어린이의 세계를 동시에 담는다고 한다. 동시집 『눈이 펴 놓은 도화
지』 등을 썼다.

남호섭(1962~)
시인은 어린이들이라고 이해 못 할 세상일은 하나도 없다며 삶의 구석구석을
이야기한다. 동시집 『타임캡슐 속의 필통』, 『놀아요 선생님』, 『벌에 쏘였다』 등
을 썼다.

박일환(1961~)
아이 스스로 경험을 통해 성장해 나갈 수 있도록 따뜻한 눈길로 희망과 용기
를 전해 준다. 동시집 『엄마한테 빗자루로 맞은 날』 등을 썼다.

신형건(1965~)
중학교 때부터 문학 잡지를 읽고 문집을 만들었다. 치과 의사를 하다 문학이
더 하고 싶어 출판사를 세웠다. 동시집 『거인들이 사는 나라』, 『아! 깜짝 놀라
는 소리』 등을 썼다.

우남희(1962~)
어떤 사물이나 대상에서 순간적으로 시를 찾아내는 솜씨가 놀랍다는 평을 받
는다. 동시집 『너라면 가만있겠니?』, 『초록 안테나』(공저) 등을 썼다.

유강희(1968~)
오리를 좋아해서 겨울이면 부지런히 눈 쌓인 강에 나가 오리와 논다. 오리에
관한 시를 많이 썼고, '오리 시인'이라 불린다. 동시집 『오리 발에 불났다』, 『손
바닥 동시』 등을 썼다.

이상교(1949~)
본인이 할머니이기도 하고 아이이기도 해서, 때로는 할머니 마음으로 때로는
아이 마음으로 동시를 맞이한다고 한다. 동시집 『우리 집 귀뚜라미』, 『고양이
가 나 대신』 등을 썼다.

이일숙(1964~)

지금까지 아이들과 함께한 것이 큰 복이라고 생각한다. 아이들이 친구들과 싸우거나 말썽 피우는 것도 더 큰 나무로 자라기 위한 과정이라 여긴다. 동시조집 『짝 바꾸는 날』을 썼다.

이정환(1954~)

어린 시절 들었던 아버지의 옛날이야기와 두메산골 고향 마을에서의 추억이 시를 쓰게 만들었다. 동시조집 『어쩌면 저기 저 나무에만 둥지를 틀었을까』, 『길도 잠잔단다』 등을 썼다.

이준관(1949~)

교과서에 실린 한 편의 동시를 읽고 아동 문학을 하게 되었다. 동시집 『씀바귀꽃』, 『내가 채송화꽃처럼 조그마했을 때』, 『쥐눈이콩은 기죽지 않아』 등을 썼다.

임길택(1952~1997)

강원도 산마을과 탄광 마을에서 오랫동안 교사 생활을 했다. 시집 『탄광 마을 아이들』, 『할아버지 요강』, 『똥 누고 가는 새』, 동화집 『수경이』 등을 썼다.

정유경(1974~)

자연이 주는 경이로움과 그 속에서 커 가는 아이들의 생명력을 더 넓은 세상에 자랑하고 싶은 마음에 동시를 쓰기 시작했다. 동시집 『까불고 싶은 날』, 『파랑의 여행』 등을 썼다.

최종득(1974~)
아이들이 자기 이야기를 당당하게 말해 조금은 덜 아프고, 조금은 덜 괴로워
하면서 살아가기를 바라며 시를 쓴다. 동시집 『쫀드기 쌤 찐드기 쌤』, 『내 맘
처럼』 등을 썼다.

함민복(1962~)
어릴 때 방학 숙제를 안 했는데, 개학은 다가오고 숙제하기 싫어서 짧은 동시
를 쓴 것이 시인의 시작이다. 동시집 『바닷물 에고, 짜다』, 『노래는 최선을 다
해 곡선이다』 등을 썼다.

작품 출처·수록 교과서

지은이	작품명	출처	수록 초등학교 국어 교과서(2015 개정)
권태응	어린 고기들	『권태응 전집』(창비, 2018)	
김완기	꽃씨	『100살 동시 내 친구』(청개구리, 2008)	4-1 국어 (가) 1단원
김자연	아침이 오는 이유	『피자의 힘』(푸른사상, 2018)	4-1 국어 (가) 1단원
김형경	제기차기	『고학년을 위한 동요 동시집』(한국아동문학학회 엮음, 상서각, 2008, 개정판)	4-2 국어활동 9단원
남호섭	동주의 개	『타임캡슐 속의 필통』(창비, 1995)	3-1 국어활동 10단원
박일환	피리와 리코더	『엄마한테 빗자루로 맞은 날』(창비, 2013)	
성명진	빗길	『축구부에 들고 싶다』(창비, 2011)	3-1 국어 (나) 10단원
신형건	공 튀는 소리	『아! 깜짝 놀라는 소리』(푸른책들, 2016)	3-1 국어 (가) 1단원
우남희	봄의 길목에서	『너라면 가만있겠니?』(청개구리, 2014)	3-1 국어 (가) 1단원
유강희	천둥소리	『지렁이 일기 예보』(비룡소, 2019, 2판)	3-2 국어 (가) 4단원
이상교	뚱뚱한 애	『고양이가 나 대신』(창비, 2009)	
이일숙	구름	『짝 바꾸는 날』(도토리숲, 2017, 개정증보판)	3-1 국어 (나) 10단원
이정환	공을 차다가	『어쩌면 저기 저 나무에만 둥지를 틀었을까』(푸른책들, 2011)	3-2 국어 (가) 4단원

이준관	그냥 놔두세요	『쥐눈이콩은 기죽지 않아』 (문학동네, 2017)	3-1 국어 나 10단원
임길택	송아지	『나 혼자 자라겠어요』(창비, 2007)	
전래 동요	나무 타령		3-2 국어활동 4단원
전래 동요	초승달아		3-2 국어활동 4단원
정유경	감기	『까불고 싶은 날』(창비, 2010)	3-2 국어 (가) 4단원
최종득	내 맘처럼	『내 맘처럼』(열린어린이, 2017)	4-1 국어활동 1단원
함민복	간지러움은 왜 필요할까?	『노래는 최선을 다해 곡선이다』 (문학동네, 2019)	

어린이 마음 시툰

우리 둘이라면 문제없지

초판 1쇄 발행 • 2020년 5월 5일
초판 2쇄 발행 • 2022년 6월 14일

글그림 • 소복이
시 선정 • 김용택
펴낸이 • 강일우
편집 • 김현정
디자인 • 김선미 이재희
조판 • 이주니
펴낸곳 • (주)창비교육
등록 • 2014년 6월 20일 제2014-000183호
주소 • 04004 서울특별시 마포구 월드컵로12길 7
전화 • 1833-7247
팩스 • 영업 070-4838-4938 / 편집 02-6949-0953
홈페이지 • www.changbiedu.com
전자우편 • textbook@changbi.com

ⓒ 소복이 김용택 2020
ISBN 979-11-89228-71-2 74810
        979-11-89228-69-9 (세트)